AF462215

HONNI SOIT
QUI MAL Y PENSE!

. . . . . sunt quædam mediocria, sunt mala plura.

L'ennui naquit un jour de l'uniformité.

A Amphigouripolis.

5818.

Imprimerie de Doudey-Dupré,
Rue St.-Louis, n°. 46, au Marais, et rue Neuve St.-Marc, n°. 10.

Honni soit
Qui mal y pense!

Sur la fontaine de Bondi
Je veux faire un amphigouri,
Dont le bon sens soit assez bête
Pour être blâmé des lecteurs ;
Et que, n'ayant ni pieds ni tête,
Il déroute aussi les censeurs.
Un pot-pourri qu'on met en songe
Arrangé sur son chalumeau,
Sait, par un charme tout nouveau,
Souvent colorer un mensonge
Sur lequel on passe l'éponge :
Ainsi qu'on fait dans un salon,
Sur ces incroyables nouvelles,
Qui choquent souvent la raison,
Et que l'on débite à foison
Pour raconter des bagatelles ;

Lorsqu'on y voit un esprit fort,
Un aigle, un savant qu'on écoute,
Beau parleur, homme à grand essor.
Chacun l'admire et le redoute ;
Il parle d'or, on le sait bien ;
Mais l'on a peine à le comprendre,
Et malgré qu'il ne dise rien,
Il faut encor pouvoir l'entendre.
Comme lui, chers et bons amis,
J'ai beaucoup de riens à vous dire,
Avec lesquels, sans votre avis,
Je voudrais bien vous faire rire.

O mes amis, qu'un cœur sensible est un présent funeste! Que de maux il nous prépare dans la vie, sans pouvoir nous y soustraire! Combien de craintes, d'alarmes, d'inquiétudes et de tourmens divers ne nous fait-il pas éprouver? O providence éternelle, dont la sagesse suprême console les humains, adoucit leurs peines et dirige leur ames; que peut ta puissance contre le torrent impétueux des passions, qui nous subjuguent et que nous ne pouvons éviter? Calmeras-tu ces feux dévorans, dont la brûlante ardeur enflamme, malgré nous, et consume nos cœurs ? Si tes secours sont impuissans, et que le mal soit sans remède, pourquoi donc existe-t-il ?

Comment ôter de mon imagination ces deux étrangères, qui captivent mes sens, et, pour qui je me morfonds depuis quinze jours, à la fontaine de Bondi, où elles m'ont promis de se rendre à minuit, et où je ne les vois point arriver ? Elles sont jeunes, jolies, modestes, ravissantes, et dans cet âge heureux où l'amour augmente encore leurs charmes. Ce sont deux trésors de beauté, que la nature s'est plue à décorer de tous les agrémens qu'elle possède ; esprit, graces, enjouement, candeur, attraits, rien ne manque au pinceau qui les a dessinées.

L'une est brune, l'autre blonde, et toutes les deux sont célestes ! Je ne les ai point encore vues.... Hélas ! je n'ai fait que les admirer ! Leurs goûts, leurs formes, leurs plaisirs, les jeux qui les rassemble, leurs inclinations, tout entr'elles est d'un accord si parfait, qu'en choisissant l'une, il semble qu'on voudrait l'autre. Ainsi donc, cher lecteur, vous voyez que mon choix n'est point encore fait et que la tête m'en tourne.... Elles joignent également à l'art enchanteur de savoir plaire, cet attrait d'un cœur simple, qui, dans son ngénuité, porte à nos sens je ne sais quelle émotion, qui nous met dans leurs chaînes, avant d'avoir connu nos fers. Peignez-vous, s'il est possible, deux célestes créatures, dont le ciel est avare, et qu'il montre aux humains pour ramener sur la terre les vertus de l'âge d'or. O mes bons amis, si vous les aviez vues, si vous connaissiez parfaitement ces grâces enchanteresses que la nature leur a prodiguées, ce penchant à la vertu, cette horreur pour le vice et ce charme inexprimable, que répand une ame sensible, enivrée d'un bonheur qu'elle partage! Et cependant, comment concilier tant de bontés avec cette inexactitude à remplir leur promesse?

Quoi! des engagemens tant de fois répétés à la face du ciel même, et soutenu par un regard si tendre, si pénétrant, si expressif, auquel se joignait un peu de cette timidité qui sied si bien à la beauté, en fait valoir les charmes, et colore ses traits de je ne sais quel incarnat aimable, qui fait naître la pudeur et augmente encore l'amour! Quoi! deux anges, descendus de la voûte azurée, connaîtraient l'art trompeur de montrer la vérité sur leurs lèvres, pour cacher la perfidie dans le fond de leur ame? Une horreur semblable fait frémir et serait sans exemple! La vertu qui les guide, rejette une pensée qu'on ne peut leur supposer.

Éloignons de notre esprit ces fatales idées. Sans doute en voulant venir sur ce boulevard, où je les attends, elles se seront égarées dans les déserts de l'Ile Perdue, où Merlin l'enchanteur les aura conduites. Elles y auront rencontré quelques-uns de ces chevaliers errans, qui mettent leur honneur à combattre en champ-clos pour la beauté qui les subjugue; et peut-être qu'en ce moment cruel, les Roland, les Bayard, les Sacripant ou les Rodomont se les disputent par les armes. O Dieu des vengeances, espoir de la vertu qu'on outrage, souffriras-tu qu'un aussi grand forfait puisse s'accomplir? Et ce que la nature a formé de plus parfait sur la terre, sera-t-il abreuvé d'ignominie! Mélisse, Alcine, Marphise, Bradamante, divinités à la fois terribles et salutaires, qui secourez indistinctement les grâces, vos amants, le parjure, la haine et la jalousie, venez toutes à leur secours, et n'oubliez pas que le plus bel attribut de vos enchantemens est celui de protéger l'innocence opprimée! Armez-vous de cette bague aimantée, dont les Dieux vous firent présent, et avec laquelle vous avez détruit et élevé tant de châteaux, confondu les empires, soulevé les mers et détourné le cours des fleuves! que cette bague divine serve aujourd'hui d'égide aux deux beautés après lesquelles je soupire, et que, par vos ordres, elles viennent enfin accomplir leurs promesses !

Alors, cher lecteur, je vous conduirai plus gaiement à cette fontaine de Jouvence, où il faut que nous allions ensemble, pour juger par nos yeux, si les prestiges qu'on en publie et les miracles qu'on lui attribue, sont aussi dignes de foi qu'on l'assure et que j'ai lieu de le croire. Je ne vous peindrai pas le spectacle enchanteur qui décore cette fontaine auguste, où les mortels viennent déposer leurs hommages empressés, au milieu d'un peuple immense, et jouir avec zèle de ses bienfaits sans exemple. La foule qui l'environne à une heure aussi indue, les jeux de toute espèce qu'on voit sur ce boulevard délicieux, éclairé par cent mille lampions de couleurs différentes ; des musiciens de tous les côtés, dont les harpes mélodieuses entraînent toute ame sensible, un peuple ivre de joie, des théâtres, des arlequins, des polichinels, des danseurs de corde, des joueurs de gobelets, des diseuses de bonne aventure, en un mot, tout ce qui peut flatter et séduire est réuni dans ce lieu de délices, qui serait plutôt le séjour des immortels, que celui des habitans de la terre. Moi seul peut-être, dans ce tourbillon ravissant, j'étais occupé de mon amour; je trouvais l'absence de mes étrangères un peu longue, et je commençais vraiment à m'en impatienter : comment, me disais-je, point de nouvelles du lieu qui les retient; quelle étrange position! il est donc vrai que jamais l'amour n'est tranquille! que, sans l'inquiétude qu'il nous donne, il aurait moins d'empire sur nos faiblesses! sans doute les cœurs qu'il unit mutuellement sont au comble du bonheur; mais cette félicité est-elle durable? et peut-elle l'être hélas! voilà le motif des réflexions qui m'obsèdent, et dont je ne puis me rendre compte. Je me suis amusé à mettre quelques idées en vers sur ce sujet; je vais vous en entretenir, sous la condition que vous n'oublierez pas le titre de cette légère bluette.

Heureux qui sait, sur les bords du Permesse,
Loin des humains, cultiver la sagesse,
De ses leçons suivre les saintes lois,
Aimer les Dieux, obéir à leurs voix;
Qui, de l'amour sans allumer la flamme,
Sait contenir les ardeurs de son ame,
Et vivre en paix jusqu'au jour de sa mort,
En démeurant l'arbitre de son sort,
Sans recourir au joug de l'hyménée,
Pour diriger par lui sa destinée!
Ah! plût au ciel que de ce seul projet
Mon cœur sensible eût été satisfait!
J'aurais vécu sans entrer dans la lice,
Près d'Apollon, et loin de l'injustice,
Qu'en écrivant enfantent les débats
Que dans l'arène on trouve sur ses pas.
Comment pouvoir composer une fable
Avec des riens d'un genre détestable?
Quel intérêt peut offrir aux lecteurs
Cette étrangère, objet de mes ardeurs?
Qu'à sa parole elle soit infidelle,
Ou de l'honneur que ce soit un modèle,

Et qu'à minuit elle vienne au rempart ;
Moi seul hélas ! je l'y verrai trop tard.
Mais cependant le peuple à la fontaine
Se porte en foule, et se met hors d'haleine,
Pour voir ses eaux redresser les boiteux,
Tour-à-tour rendre à l'aveugle ses yeux ;
Dirai-je plus ? aux muets la parole !
Alors il crie, il pleure, il se désole,
Et devient fou par ces enchantemens
Que l'art produit, pour étonner les sens :
Abasourdi par ce grand phénomène
Dont en tremblant il regarde la scène,
De sa surprise à peine revenu,
Il ne sait point encor ce qu'il a vu :
En redoutant la céleste colère,
Les mains au ciel il se prosterne à terre,
Pour y chercher un modeste repas,
Que lui fournit le travail de ses bras ;
Ah ! laissons le long-tems dans l'ignorance ;
Notre bonheur tient à sa dépendance !
Malheur à qui de ses illusions
Veut effacer jusqu'aux impressions !

Fasse le ciel que ma voix soit entendue, que le peuple connaisse bien ses intérêts, et que toutes les classes de la société sentent aussi les leurs ! Alors on verra l'ordre se rétablir; les choses reviendront d'elle-mêmes, et chacun dans sa sphère pourra dire encore : je suis heureux.

En attendant ce jour fortuné, revenons à cette fontaine de Jouvence, où toutes les vieilles dames de Paris affluaient pour se rajeunir. Les bassins étaient couverts d'une gaze de couleur, à la fois transparente et circulaire; des deux cimes de la cascade et des gueules de lions jaillissaient des nappes d'eau de rose et de jasmin, dont les odeurs balsamiques parfumaient au loin l'atmosphère. A l'air délicieux qu'on respirait, un odorat exquis aurait pu reconnaître sans peine, les précieux aromates qu'on avait été chercher jusqu'au fond même de l'Asie; ensuite, en passant par les îles de l'Archipel, la mer de Marmora, les Palus Méotides, la mer rouge et l'Isthme de Suez, on était arrivé dans l'Arabie Pétrée, sur la fameuse montagne de Sinaï, si célèbre dans l'Écriture Sainte, ainsi que vous l'avez entendu dire.

Delà on était allé dans l'Arabie Héureuse, au royaume d'Yemen, où l'on avait recueilli des moissons abondantes de toutes espèces de parfums : les envoyés qui les rapportèrent, en étaient tellement impregnés, qu'au bout de deux ans, on les sentait encore à trente pas de distance. D'après cela, lecteur, vous ne serez pas surpris d'apprendre que le boulevard en était si généralement embaumé, que chacun se croyait dans la cassolette du grand Seigneur. Vingt nymphes divines, aux yeux bleus, sourcils noirs, cheveux blonds, dents d'ivoire, lèvres de corail, taille svelte, le tout surmonté de deux globes, arrondis par l'amour et blancs comme l'albâtre ; voilà les filles du ciel qui sont descendues un moment sur la terre, pour secourir la faiblesse humaine et lui faire retrouver, s'il se peut, une partie de la beauté que le tems dévorateur lui a fait perdre. Ces filles célestes étaient vêtues en petite robe de dentelle anglaise, échancrée sur la poitrine et relevée jusqu'au milieu de la jambe, de manière à ce que les curieux pussent apercevoir quelques attraits, et en soupçonner mille autres. Autour d'elles des guirlandes de fleurs légèrement posées, semblaient flotter sur leurs habits; tels les zéphirs au retour de Flore, agitent celles qu'elle fait naître, pour en parer le printems. Les Naïades, les Sirènes, Amphitrite et Neptune, divinités des eaux, veillaient à ce que l'ordre s'établît dans les bains, où chaque dame ne pouvait rester que dix minutes. On avait fait ranger leurs voitures par file, et chacune d'elles entrait successivement, et à mesure que les autres sortaient; ensorte que cela marchait assez rondement et sans confusion; mais le nombre en était si considérable, qu'on désespérait d'en finir; elles sortaient des bains avec un air frais, leste et dispos; et, semblables aux jeunes hirondelles qui s'échappent de leur nid pour se perdre dans les airs; elles prenaient leur essor et disparaissaient dans la foule. Néanmoins il s'en trouva plus d'une, dont la peau sèche et ridée ne put se renouveler; elles furent donc dans la nécessité de renoncer à ces eaux sans exemple; non cependant qu'aucune d'elles offrît le tableau de la caducité des trois filles du vieux Phorcys, qui n'avaient entr'elles qu'une dent et un œil, dont elles se servaient alternativement.

Vous savez que ce Phorcys avait été roi de Sardaigne et de Corse où il régna comme un barbare. Il fut vaincu par Atlas qui, ne voulant point le faire pendre parce qu'il avait été roi, le changea en Dieu marin, et l'envoya régner au fond de la mer. Tel nous voyons ce brigand, contre lequel le monde entier s'est armé pour en purger la terre, relégué par la clémence des Rois, sur les rochers arides de St.-Hélène. N'ayant plus de sang à répandre, il n'a, pour entretenir les fureurs de sa rage impuissante, que le hideux souvenir, toutefois bien doux à son cœur, des forfaits dont il a fait frémir le genre humain.

Le ciel, pour adoucir l'amertume de ces vieilles dames que les bains n'avaient pu rajeunir, avait jeté sur elles un regard de bonté; et, pour les aider à supporter avec plus de patience les peines de la vie, et l'oubli, s'il est possible, des maux inséparables d'un grand âge, leur avait prodigué les avantages de l'art divin de la parole; ce don si précieux qui flatte, séduit, étonne et s'empare des esprits; celui qui, dans la Grèce et chez les Romains, fit fleurir l'état, et lui donna des lois! Nos dames plus modérées dans l'usage qu'elles en font, n'emploient cette faveur qu'à chanter les louanges de leurs voisins, et surtout celles des *Bondigeois*, qui, dans leurs charmantes réunions, vivent en paix, unis comme des frères, et jouissent des biens qu'ils ont su se procurer. Les jeux, les ris, l'abondance, les plaisirs, la joie, la table et la santé, font la base et le charme de leurs assemblées. Heureuse et tendre amitié, toi qui les as si bien réunis, soutiens ton ouvrage, et ne souffre pas qu'un sot infatué de son ignorance, puisse aller, le nez haut, dans nos salons, y porter son insipide nullité, et fronder impunément les plaisirs que tu fais naître! Il empoisonnerait la source de tes célestes vertus! Chasse aussi de ton temple auguste ces hommes guindés, jaloux, vains, inquiets, petits et frivoles. Leur présence fait frémir le bon sens, et ôte à l'esprit ses grâces naturelles, dont l'aimable légèreté nous aide si souvent à supporter les peines de la vie! Hélas! pour un moment que nous avons à voyager ensemble sur cette terre fragile, faut-il nous dévorer les uns, les autres? Éteignons plutôt les funestes passions qui nous agitent? Ah! rappelons parmi nous l'aimable urbanité de nos pères! Ces dons heureux d'un cœur affranchi de la gêne du mensonge, laissaient à leurs discours le loisir de montrer leur ame toute entière; rien n'altérait la douceur de leur langage; aucun usage ne venait obscurcir la sérénité qui régnait entre eux. Vertus du bon vieux tems, honneur de l'âge d'or, bonté, bienfaisance et candeur, revenez dans nos foyers! rendez-nous habiles à succéder aux droits de nos bons aïeux, et surtout ne nous abandonnez plus!

Quand Dieu forma les hommes, sans doute il leur dit : « je vous mets sur la terre pour » vivre en paix et être heureux; que nul de » vous, s'il veut y parvenir, ne songe à quitter » le rang où je l'aurai mis. » L'ambition mal entendue est presque toujours outrée et perd les hommes; elle les rend faux, égoïstes, rampans, avides et malheureux. Jetez un coup-d'œil sur cette fourmilière insatiable, et souvent injuste dans ses prétentions; elle veut, desire, intrigue, se tourmente, obtient et demande encore; et si, dans l'ivresse où elle s'abandonne et qu'elle prend pour jouissance, le gouvernail se dérange, et que la fortune lui tourne le dos, alors que d'angoisses, de regrets, d'inquiétudes, de courses et d'alarmes! Combien il en coûte, ô ciel! d'endosser le pourpoint de la modestie, après s'être long-tems couvert du manteau de l'arrogance! La douceur d'une vie calme et pure n'est point dans le fracas d'une importune opulence, acquise par le crime et renversée par le tems auquel rien ne résiste. Gardons-nous de confondre avec des richesses si peu dignes d'envie, l'infatigable industrie de ces mortels à la fois modestes et sages, dont la vie laborieuse et attentive épie, sans se lasser, les caprices de la fortune, pour la contraindre à leur ouvrir ses trésors, dans lesquels ils puisent avec économie, malgré l'avidité de ces financiers farouches qui voudraient tout envahir et qui ne peuvent souffrir de concurrent, par l'habitude où ils sont de faire comme le vieil Irus qui, sans songer aux vaincus, buvait avec les vainqueurs. Si, en glanant sur leurs traces, il est permis à l'homme sensé de faire valoir ses fonds par les moyens honnêtes que donnent les lois de l'état; s'il parvient aussi à faire une fortune considérable dont il jouit en sachant l'utiliser par des bienfaits sans nombre, il nous force à la reconnaissance : ses grands biens peuvent avoir pris leur source dans les emprunts et les variations continuelles des gouvernemens de l'Europe, où tout esprit calculateur peut s'enrichir. Voltaire dit lui-même qu'il s'est servi de ces moyens pour avoir des terres, des châteaux, et vivre en grand seigneur, ainsi que le lui reprochaient ses confrères les auteurs, dont il se moque si plaisamment dans sa correspondance.

Ah! combien, depuis trente ans, n'avons-nous pas vu de fortunes diverses et d'honneurs suprêmes écrasés par la faulx destructive ! Que de vertus respectables sont tombées de leur élévation, dans le néant des grandeurs humaines ! Que de scélérats, heureux en apparence, se sont abreuvés de leur sang, pour s'emparer de leurs biens ! Combien de ces misérables, échappés au glaive de la justice et bannis de leur patrie, ont été subir sur une terre étrangère, un supplice cent fois plus affreux (celui du souvenir et des remords) qui leur présente sans cesse le spectacle de leurs crimes passés! Couverts d'un opprobre éternel, on les voit enfin avec l'horreur qu'ils inspirent. Continue, juste ciel, à les persécuter! La vengeance est douce, alors qu'elle punit les attentats, et le châtiment n'égalera jamais les forfaits qu'ils ont commis, jusque dans les pays étrangers où ils se sont sauvés pour mieux les concerter. Confonds leurs projets sanguinaires, et arme contre eux ce que les hommes ont de mieux pensant et de plus attaché au trône!

Pardon, cher lecteur, si je me suis laissé aller à l'indignation que vous éprouvez vous-même, et qui est si bien permise, hélas! Mais il n'en est pas moins vrai que cette digression m'a égaré absolument, et que je ne sais plus comment revenir à ce que je voulais vous dire. Il me semble cependant que je veux vous parler d'une note de M. Ollivier de Toulouse, qui a été mise dans le journal des Débats, le 16 février dernier, par laquelle il proposait au Gouvernement, comme moyen de se procurer des fonds, de mettre un impôt considérable sur tout particulier qui prendrait de faux titres ou un faux nom. Ce raisonnement qui n'est qu'un aperçu, me parut, en y réfléchissant, assez juste, et pourrait effectivement grossir le trésor plus qu'on ne pense; s'il était perçu rigoureusement, il obvîrait sans contredit à beaucoup d'abus, dont, à la vérité, on se moque dans le monde, parce qu'ils y sont connus; mais, en dépit du mépris public, il en est toujours quelques-uns qui se sauvent dans la foule. Voyez ce qu'en dit Molière dans plusieurs de ses comédies, où il couvre de ridicule toutes ces bourgeoises ennoblies, qui, par leur fortune plus que par leur figure, ont épousé quelques noms échappés aux ravages des tems. Au surplus il n'en est pas moins vrai que l'éveil donné par M. Ollivier, rappelle assez plaisamment le protocole des prétentions bouffonnes, exigées par le seigneur Scapin, marquis de Brusquefeu, à la cérémonie des funérailles, qui eurent lieu au décès de Mlle. Scapin, dont le deuil fut conduit par Arlequin, les grands-parens de la défunte ne pouvant y assister à cause de la douleur profonde qui les affectait. Cet acte pompeux, et si connu dans la chronologie des tems, se trouva en 1674, dans le porte-feuille du poète Chapelain, d'où il fut tiré à son décès et déposé chez son ami Pradon, autre poète de même espèce; lequel, au mois de janvier 1698, époque où il mourut, ordonna que cette pièce édifiante fût remise au fameux Bonnecorse, auteur du poème de l'anti-lutrin qui, passant comme les autres, de vie à trépas en 1706, enjoignit à ses héritiers de l'envoyer sans délai à l'illustre Joseph Vadé de brillante et éternelle mémoire, auquel on doit la conservation miraculeuse de cet acte sublime, jusqu'en l'année 1757, qu'abandonnant sa dépouille mortelle pour monter au ciel où il est sans doute, il le fit transmettre par qui de droit à l'illustrissime Don Carlin, seigneur des rires et folies de ce tems là, afin qu'il en usât comme de choses à lui appartenantes; ce que ledit sieur fit à la grande satisfaction du public qui s'en amusa en l'an du désordre, si connu dans nos annales, par la grande facilité qu'il donne à tout et un chacun de pouvoir faire et dire et être ce que bon lui semblera. Le tout fait et parfait, paraphé et suffisamment prouvé par la lettre ci-incluse du seigneur Scapin au marquis Arlequin, dont copie fidelle à l'original suit sans nulle altération, augmentation, lacération ou falsification quelconque, et d'après laquelle appert irrévocablement pour tout esprit sain, raisonnable et juste, que, dès le tems dont nous parlons, tout Paris est devenu noble et l'est encore sans nulle interruption ni prescription aucune. Quoiqu'on soit généralement informé qu'il est impossible à tout chef de famille d'exhiber les titres de sa maison, attendu que, d'après le bouleversement général que nous venons d'éprouver, nous sommes obligés de pêcher en eau trouble, sans pouvoir l'éclaircir. Ce qui fait qu'en suivant Molière et autres grands hommes qui l'ont précédé, nous passons avec eux l'éponge sur toutes ces contrefaçons nées, naissantes ou à naître, et nous desirons que cette plante abondamment végétale, puisse pulluler comme l'herbe sur la terre, ou qu'elle soit à jamais l'objet de la risée et de la censure publique.

COPIE de la Lettre écrite par Très-Haut, Très-Puissant et très-répandu Seigneur Scapin, Marquis de Brusquefeu, plénipotentiaire ordonnateur et dispensateur suprême de tous les titres, écussons, honneurs, dignités, possessions et autres attributs attachés au sang illustre des Brusquefeu, depuis la naissance du monde connu jusqu'à l'époque où il se détruira.

AU MARQUIS ARLEQUIN.

« JE t'écris, mon cher et bon ami Arle-
» quin, mon ame hors de son étui, mon cœur

» battant à peine, la tête appesantie, les yeux » remplis de larmes, la poitrine gonflée, et la » voix presque éteinte depuis le vaisseau de la » création jusqu'au filet imperceptible qui » vient aboutir à l'extrémité de la langue, » pour faciliter l'articulation du discours. Ah! » mon ami, qui l'eût dit, vendredi dernier que » nous étions si gais, que le lundi d'ensuite je » t'apprendrais la mort de ma Colombine, de » cette fille adorable, émerveillable, imper- » méable, et cependant périssable! Que vont » devenir ces soirées délicieuses où, en tour- » nant tes pouces, tu faisais rire tout Paris? » Oh! que les tems sont changés! Adieu, plai- » sirs, bons mots, gaîté, saillies; adieu, tous » les charmes divins d'une vie dont les jours » s'écoulaient si rapidement et presque sans » nuages! Au milieu de la félicité attachée » sans cesse à nos pas, à peine nos sens éper- » dus avaient-ils le tems de goûter les distrac- » tions qui venaient en partager les instans! » Images charmantes, vains souvenirs, vous

» ne pouvez rien sur notre ame; la nature est
» morte pour nous. En pleurant sur nos dé-
» bris, cher Arlequin, tâche au moins de
» faire descendre perpendiculairement de ton
» cerveau, les eaux abondantes dont il hu-
» mecte tes yeux, pour en répandre avec pro-
» fusion la partie la plus limpide sur ceux de
» ce peuple hébété qui est enseveli sous les
» ruines de son bonheur passé, où ses dévas-
» tations l'ont conduit et nous aussi. Nous at-
» tendons de ton amitié que tu voudras bien
» conduire le deuil fatal de notre infortunée
» fille, auquel il nous serait impossible d'assis-
» ter, la marquise et moi. Tu connais les titres
» de la maison Brusquefeu et ceux de Très-
» Haute et Très-Puissante dame de Trotinet,
» née Poudrette, et mon honorée femme; tu
» sais que ses ancêtres, du tems de la création
» du monde, dataient, en suivant le texte hé-
» breu de l'an 7520 avant l'ère chrétienne.
» Un de leurs auteurs assista Cécrops lorsqu'il
» fonda Athènes. Tu relateras tout cela dans

» les billets de part dont il faut inonder Paris. » Mon cher ami, c'est à force de se donner » des titres réciproquement et de les répéter, » qu'il en reste quelque chose dans la mémoire » des hommes. *Ils sont si bons, les hommes!* » Surtout dans ta mission, que l'éclat le plus » grand précède la marche? Il faut parler » aux yeux, le reste n'est rien; éblouissons » les bipèdes, mon ami, c'est tout ce qui » leur convient! »

Pourquoi donc, dit un amateur,
Attaquer ces petits prestiges ?
Chacun en connaît la valeur
Et sait que ce sont des vertiges ;
Si vous allez par vos leçons,
Oter cette vieille habitude
De fabriquer des écussons,
Pour créer une servitude ;
Qui soutiendra ces sobriquets
Dont l'usage se perpétue,
En se mêlant à ces hochets
Qui se ramassent dans la rue ?
Faudra-t-il qu'un marchand de pois
Dont le fils se dit gentilhomme,

Soit comte et marquis à la fois,
Et que sa morgue nous assomme ?
Voulez-vous qu'un aventurier
Soit marquis pour plaire à sa belle,
Alors qu'il n'est qu'un roturier
De l'espèce la plus nouvelle ?
Si vous le voulez, j'y consens,
Et je ne veux point en médire ;
Mais aucun homme de bon sens
Ne peut y croire que pour rire.

Nous pensons que les gens honnêtes et sensés ne verront dans nos plaisanteries qu'un conte fait à plaisir, qui ne peut regarder personne, à Dieu ne plaise! Les noms et les titres sont si connus dans le monde qu'on ne peut former la plus légère équivoque sur leur existence, et qu'il est même superflu d'en parler. Les premières familles de la cour opposent toujours aux orages qui voudraient les atteindre, les longs services de leurs ancêtres, les leurs, et le juste mépris qu'ils ont pour leurs persécuteurs. Elles sont comme les cèdres du Liban que la corruption ne peut attaquer, et elles soutiennent avec fermeté l'honneur du trône auprès duquel leur rang les a placées, prêtes à verser leur sang pour le Roi qui les gouverne, comme pour l'état qui les a vu naître. Il n'est point d'homme d'honneur qui ne respecte leur courage. Jamais plus noble dévouement ne se manifesta pour la cause royale, et jamais aussi les rejetons, sortis de ces souches vénérables, n'ont montré plus de zèle pour soutenir la gloire de leurs aïeux par l'éclat des vertus qu'ils leur ont transmises. Voilà les titres sacrés qu'on doit chérir et qu'il faut entourer de respects lorsqu'on les rencontre! Eh! quel serait le Français bien élevé, qui pourrait douter qu'en rendant des hommages au véritable honneur, il s'ennoblît lui-même? La vraie grandeur est moins dans l'ame de celui qui la montre avec ostentation, que dans celle de l'homme honnête qui l'honore en secret.

Cependant il est une noblesse qui, pour être plus nouvelle, n'en mérite pas moins notre estime; elle est créée par le Roi, qui, depuis son retour, a voulu récompenser, par des titres honorifiques, le zèle de ses sujets, dont on lui a le plus signalé les noms, et tout Français que l'honneur attache au trône, doit respecter les décrets qui en émanent, sans se laisser entraîner par des passions contraires, qui voudraient l'en détourner; bien souvent elles nous sont funestes, et rarement elles nous consolent!

Hélas! faut-il qu'Epiméthée
Soit venu troubler nos plaisirs,
Et qu'en se croyant un Protée
Sa vertu fronde nos désirs?
Il nous annonce l'espérance,
Chose superbe en apparence,
Dont aujourd'hui l'on fait grand cas!
Il est plus d'un sot qu'elle abuse:
Mais l'homme d'esprit s'en amuse,
La connaît et ne s'endort pas.

Ce Jupiter, maître du monde,
Contre Prométhée en courroux,
Qu'on vit régner jusques sur l'onde,
N'en fut pas moins un peu jaloux.

En nous envoyant sa Pandore,
Il devait réfléchir encore,
Prendre l'avis de son conseil,
Et, sans exhaler sa colère,
Ne point nous troubler sur la terre,
Pour agiter notre sommeil.

Vulcain animant sa statue,
Vénus lui donna la beauté,
Pour qu'elle enchantât notre vue
Par son air d'amabilité;
Pallas joignit à cette ivresse
La pudeur avec la sagesse,
Et de leur ensemble parfait
Il naquit un nouveau prodige,
Qui sans recourir au prestige,
Fut un phénomène complet.

Sans soins et sans inquiétude,
Avant ce tems chacun goûtait,
A son choix dans la solitude,
Tous les plaisirs qu'il préférait;
Nul embarras, aucun nuage,
La paix se fixait au ménage,
Et tous les cœurs étaient unis;
Mais aujourd'hui c'est autre chose;
On parle, on s'agite et l'on cause
Sans pouvoir être réunis.

Partout on voit que la Folie
Agite entre nous ses grelots ;
Que bientôt son épidémie
Gagnera nos faibles cerveaux.
Prêchons aux *ultra* l'indulgence ;
Au peuple ôtons l'effervescence ;
Défions nous des orateurs :
Aimons notre Roi pour nous même :
Comptons sur son amour extrême ;
Nous réunirons tous les cœurs.

Celui qui forme les orages,
Peut d'un mot adoucir les vents,
Et nous placer sous leurs ombrages,
Pour mettre à l'abri nos vieux ans.
Il peut régénérer la France,
Et lui rendre encor l'abondance.
Un gouvernement paternel
Dissipera l'ardeur des flammes,
Qui brûlent aujourd'hui les ames,
Pour nous conduire à son autel.

O toi, dont l'ame est une enclume,
Gros financier, heureux Plutus!
Pour Dieu! donne au pauvre l'écume
Du trop plein de tes revenus ;
Si ton cœur est inexorable,
Et que tu sois enfin coupable

De renfermer tous tes trésors,
Que sans doute on ne peut détruire,
Mais qu'alors il faudrait réduire
En te muselant par un mors !

Cependant tous les peuples du monde souffrent de l'ouverture de cette fatale boîte, et le pays même d'Eldorado où l'on marche sur l'or, n'est pas exempt des mêmes malheurs.

O toi, divin Pangloss, le plus grand des philosophes dont la terre puisse s'honorer! Génie sublime, mortel intrépide, penseur profond, moraliste étonnant, toi qui, semblable à l'abeille, as su tirer des fleurs, les sucs immortels que tu répandis avec profusion sur tes jours, qui s'écoulèrent dans le meilleur des mondes possibles, où, tout étant pour le mieux, le mal ne put s'introduire; quitte un moment, quitte la voûte céleste! Viens sous nos toits simples et hospitaliers, qui naguères étaient habités par le crime, la misère et la mort! Vois des enfans heureux sous les aîles d'un père qu'ils adorent et qui les aime! Observe nos pâturages où paîtront un jour les moutons d'Eldorado, que nous devrons à notre industrie, et qui nous enrichiront de leurs toisons précieuses, dont nous propagerons mieux l'espèce, que n'a fait le bon et crédule Candide avec ceux que le Roi des Bulgares lui donna! Vois nos maisons renaître de leurs cendres! Contemple notre intérieur, et regarde cette poule au pot, avec laquelle nous allons dîner, et dont nous t'offrons le partage. Après cela, remonte au ciel, si tu le veux; et dis à l'Éternel, qu'à ton apparition sur la terre, tu as encore retrouvé le meilleur des mondes connus. Et vous qui répandez les alarmes, colporteurs de sottises, faux-monnoyeurs de nouvelles, petits hommes et grands menteurs, vous n'en tâterez point de notre poule au pot. Ingrats que vous êtes! Vivez de vos absurdes mensonges; semez le désordre; enfantez vos chimères et mourez dans l'opprobre! Voilà votre horoscope; tandis que, sous l'égide du Dieu tutélaire que l'Éternel nous a rendu dans sa bonté, nous vivrons pour obéir à ses lois ineffables! Par ses vertus, nous apprendrons à les pratiquer! Nous rétablirons nos mœurs antiques, en suivant la religion de nos pères, que tout homme d'honneur n'abandonna jamais. O sainte et divine religion, toi qui dans les maux que nous éprouvons, es notre bien suprême; toi que les malheureux humains ne peuvent invoquer sans espoir, et qui sais les consoler par ton baume salutaire, entends ma voix gémissante; ouvre encore, ouvre tes bras maternels à tes enfans égarés, qui veulent revenir à ton giron! Verse sur eux cette huile sainte et sacrée qui pénètre les ames, adoucit les maux et fortifie les vertus : celle enfin que tout mortel révère en adorant tes bienfaits!

Vous savez, aimables lecteurs, que, dans un imbroglio, on saute à pieds joints sur toutes les mesures, et que, sans égard pour les convenances de l'art d'écrire, on ne fixe les idées que sur les sujets qui flattent! Ainsi donc, avant de retourner à notre fontaine fameuse, chantons un moment ensemble, ces riens délicieux et légers, que les esprits forts méprisent et dont cependant ils font un grand usage! Ils aident à supporter les peines de la vie, en dissipant quelquefois les nuages épais, dont les vapeurs obscurcissent trop souvent la sécurité de nos jours: ils secondent nos goûts, allègent nos maux et provoquent notre reconnaissance.

Aimables riens, à la toilette
D'une femme jeune et coquette,
Vous embellissez ses appas,
Et, par des riens qu'on ne voit pas,
Vous donnez la fraîcheur aux graces,
Dont les riens précèdent les traces!
Sans vous un savant bâillerait;
Avec esprit il s'ennuîrait:
Mais un rien, une bagatelle
L'occupe et tourne sa cervelle;
Il laisse et compas et calculs,
Pour de jolis riens qui sont nuls.

Avec eux il rit et s'amuse,
Sans chercher la science infuse ;
Il croit que la distraction
Est préférable à la raison.
Un rien charme et séduit les hommes!
Aussi dans le siècle où nous sommes,
Voyez ces rois des animaux?
Tout fiers qu'ils sont sur leurs tréteaux,
Pour faire écouter leurs paroles,
Ils ont recours aux riens frivoles ;
Mais au fond de leur cabinet,
Leur génie est au grand complet!
Des cieux mesurant l'étendue,
L'univers se montre à leur vue,
Et bientôt l'astrolabe en main,
Pour mieux régler notre destin,
L'un dans les airs s'égare en route,
L'autre le suit et n'y voit goutte.
Ainsi, sans trop s'embarrasser
De ce qu'il faut dire ou penser,
Chacun, pour suivre sa manie,
Avec le ciel s'identifie,
Et de son vol audacieux
Croit pouvoir mesurer les cieux!
Les riens qu'avec grâce on débite,
Valent mieux que tout leur mérite.
Ils amusent sans le savoir,

Et font rire matin et soir.
Je les préfère à l'air capable
D'un fat qui veut faire l'aimable.
A mes côtés dangereux riens,
Soyez mes dieux et mes soutiens?
Vivons long-tems pour être ensemble,
Et sous le toit qui nous rassemble,
Respectons le culte et la loi,
Aimons les Bourbons et le Roi!

Nous allons quitter nos riens à regret, pour revenir à notre fontaine éblouissante d'un éclat tout particulier. Elle était obstruée par un peuple, dont l'affluence importune entravait ses issues, de manière à ne pouvoir l'aborder. On remarquait sur les lions qui la décorent, une cinquantaine de musiciens dont la mélodie agréable enchantait les spectateurs. Des balançoires placées pour les allans et venans, la traversaient en sens contraire, et étaient toujours en activité. On les avait suspendues aux quatre mâts de cocagne qui sont posés autour de ses bassins; leur cîme était d'une telle hauteur qu'elle avait l'air de toucher au firmament. Cependant on avait trouvé le moyen de placer sur chacune d'elles une *montagne russe*, pour que les habitans du ciel pussent descendre en trois secondes sur le boulevard et se promener avec les piétons qui le fréquentent. Aussi l'on voyait à chaque instant des groupes de chérubins, d'anges et de séraphins suivis par une multitude d'autres figures célestes que personne ne connaissait. S'il est vrai, comme vient de l'annoncer un homme d'esprit, que notre révolution soit complète et que nous n'en ayons plus rien à redouter, ce que je crois et desire fermement, pourquoi donc vouloir nous faire craindre que le nouveau monde puisse venir subjuguer l'ancien? Effectivement, si Moïse allait tout à coup sécher les mers et que le ciel se confondît avec la terre, je ne sais, ma foi pas, comment nous pourrions faire pour nous retrouver. Après avoir survécu à tant de désastres, nous être sauvés sur les débris et avoir vu se dissiper tant d'horreurs qui laissent à la vérité voir encore par intervalles quelques étincelles du feu qui les soutenait, et qui cependant finit par se consumer à nos yeux comme celui d'une alumette qui s'éteint dans les mains; s'il fallait, dis-je, être encore assailli par les nègres sauvages, et voir effectivement la descente du nouveau monde sur l'ancien, j'aimerais mieux aller faire une visite au ciel, *dans une de ces montagnes russes* dont on rafolle, et m'entretenir avec les anges pour fuir l'espèce humaine. J'en ferais volontiers le voyage avec un homme de bien que j'ai connu sur le boulevard, dès la première soirée que j'y suis venu pour chercher mes étrangères. Il était dans cet âge où l'amour entraîne nos sens malgré nous, et cause à l'imagination un délire, dont l'impétuosité est d'autant plus à craindre qu'il nous est impossible de vaincre les passions qui le font naître. Tout lui était devenu indifférent; les plaisirs de son âge, ses amis, ses parens, la société où on commençait à le goûter; rien ne pouvait l'arracher au feu qui le consumait, et son ame, entièrement livrée à une mélancolie dont il ne pouvait se défendre, le faisait gémir jour et nuit. Comme moi, il était épris des charmes d'une femme de dix-huit à vingt ans, dont les attraits avaient causé le trouble de son ame et celui de sa raison. Il la cherchait dans les villages voisins de la capitale, au milieu des bois, dans les forêts, sur les rochers arides, et partout il était malheureux. L'aveu qu'il me fit de sa peine, son roman qu'il me raconta, et le mien qu'il entendit, tout cela établit entre nous une entière conformité d'humeurs et de goûts. La prédestination à laquelle on ne peut échapper, nous fit une loi de nous revoir, et nous eûmes au moins la consolation attachée au malheur, qui semble s'alléger par le récit qu'on en fait. Pour prendre une idée de l'esprit qui régnait dans les groupes nombreux qu'on voyait sur le boulevard, nous en parcourûmes plusieurs ensemble, et nous trouvâmes le premier, auquel nous voulûmes aborder, tellement encombré par les curieux, que nous doutâmes un instant si nous pourrions y entrer. Cependant, après une peine infinie et un peu de protection de la part des auditeurs, nous arrivâmes auprès de l'enceinte qui en formait la barrière; l'intérieur nous parut composé de trente à quarante dames âgées d'environ cinquante ou soixante ans. Leur langage, leur forme, leur costume et leur maintien ne se ressemblaient nullement; toutes étaient fort échauffées, et paraissaient s'animer ensemble, sur une discussion qu'elles traitaient à la fois, et sans qu'il fût possible de rien comprendre à leur dispute. Néanmoins, au milieu du tourbillon qui les emportait continuellement et les ramenait de même, nous crûmes apercevoir qu'elles étaient d'anciennes religieuses appartenant à tous les pays du monde, qu'on avait chassées de leurs couvens respectifs, par l'esprit de vertige qui s'est généralement prononcé sur la terre contre leur ordre. Leur champ de bataille roulait sur l'efficacité de la grâce et celle des miracles; elles soutenaient l'application de leur doctrine d'après la différence de leurs religions et le rite de leurs églises. L'une voulait que la religion grecque pure, et sans nulle altération, telle qu'elle l'avait embrassée, fût la seule divine. Elle alléguait, pour soutenir sa cause, que, malgré le schisme des Grecs qui, par deux fois, avaient enlevé la moitié de leurs sectateurs, la religion n'avait pas moins triomphé de l'hérésie des Albigeois et de celle des Hussites. Une autre était mahométane et vantait l'antiquité de sa secte qui, selon elle, existe depuis l'an 622, ayant conservé religieusement l'usage des cinq prières par jour, les pélerinages, les aumônes, les abstinences de toutes espèces, et surtout le jeune du Ramazan qui s'observe un mois entier. On distinguait aussi les discours d'une vieille qui n'avait plus de dents, et qui était entêtée comme une mule. Elle suivait aveuglément l'hérésie de Luther, sans vouloir parler d'autres sacremens, que de ceux du baptême et de la cène, traitant tout le reste d'idolâtrie. Nous vîmes encore, au milieu de cette confusion, une sorte de Bacchante ensorcelée du Calvinisme, qui ne voulait reconnaître que l'inspiration intérieure, pour rejeter le culte des images. Vous y étiez aussi, ô grande Sainte Geneviève, illustre patrone de Paris, et vous foudroyâtes toutes ces erreurs là, en soutenant avec succès l'avantage sacré du rit romain qui ne veut, n'entend, ne voit, n'aime, ne respecte et ne connaît que la religion, où le Christ mourant servit de victime renaissante au salut des hommes! Au milieu de tant de ténèbres et de réparties sans fin, nous étions demeurés stupéfaits, attendant que la grâce concommittante descendît de la voûte céleste, pour accorder tant de têtes à l'envers; mais le ciel leur refusa ses secours, et nous obligea à chercher une issue pour nous sauver d'une lutte semblable. Mon excellent compagnon en était tout étourdi, et ne revenait pas de tous les verbiages qu'il avait entendus. Quoi! disait-il, est-ce ainsi qu'on doit parler de la gloire de Dieu ? J'entrai avec lui dans quelques détails sur l'esprit des dévotes, et je lui en esquissai le tableau que voici :

Quel Dieu, me direz-vous, leur prêtant ses fureurs
Allume dans leur sein ces bouillantes ardeurs ?
Quel désir si pressant, animé par la rage,
Fait rougir tour-à-tour et pâlir leur visage ?
Ah! demandez plutôt si la dévotion
Dans ses égaremens n'a point d'ambition ?
Si ses sombres vapeurs saintement charitables,
Aux yeux de l'Éternel paraîtront tolérables ?
Si la fière arrogance et son absurdité
Ont des droits aux faveurs de la divinité ?
Passion des grands cœurs, vertu rare et sublime !
Éloigne des humains ce qui les mène au crime,
Et surtout ne vas point confirmer des sermens,
Dont la voix équivoque affaiblit les accens !
Pour brûler à tes pieds l'encens du sacrifice,
Il le faut aussi pur que ta propre justice !
Viens apprendre aux mortels, zélateurs de la foi,
Que pour servir son Dieu l'on doit aimer sa loi,
Adorer ses décrets fondés sur la clémence,
Qu'un père à ses enfans montre par sa présence !

S'il mourut en martyr pour nous absoudre tous,
Il montra par sa mort l'amour qu'il a pour nous.
Ses vertus, ses grandeurs et sa gloire immortelle
Montèrent avec lui vers la voûte éternelle,
Où par son ordre, un jour, paraissant à ses yeux,
Nous serons pardonnés et deviendrons heureux.
Entends, Dieu tout puissant, ma voix faible et timide;
Exauce mon espoir et sois toujours mon guide!

En continuant de rôder sur le boulevard, nous arrivâmes à l'antre de la fameuse Sybille Déiphobé ou Morta-mis-mer-tort. La curiosité nous gagna, et nous entrâmes sous le prétexte de consulter la première enchanteresse du monde connu. Elle dînait avec son ogre, un aigle et son chien. Tous les quatre mangeaient ensemble des viandes crues et sanguinolentes, qu'ils dévoraient avec une avidité qui n'interrompait point leur bon aacord. On nous fit asseoir à terre, sur le coin de la natte qui leur servait de table à manger, et de lit pour se coucher. Là, nous eûmes tout le tems d'examiner cette femme surabondante de santé, et si extraordinaire dans les secrets de son art.

Sa taille nous parut volumineuse ; elle était vêtue d'une peau de tigre, et couverte par une cuirasse impénétrable. Elle portait sur sa tête un casque en cuivre, auquel pendait une longue crinière. On lui voyait encore sous cet attirail militaire, une paire de moustaches longues et épaisses, qui couvraient sa lèvre supérieure. Voilà à peu près la toilette de notre héroïne, dont l'embonpoint nous parut énorme. Son abord est dur, son regard farouche, impérieux et décidé. Lorsqu'elle veut rire, il semble que la nature soit obligée de faire un effort pour arriver jusque-là. Sa figure est au moins pentadécagone, et tous les traits en sont hardis; son ame et son cœur nous ont paru d'une sécheresse hideuse. Tout en elle est prestiges et manières. Aussi, lorsque son amour propre la domine et qu'elle veut parler littérature et art, elle ne sait complètement ce qu'elle dit. Son talent sublime, et le seul qu'on lui connaisse, est dans sa baguette divinatoire. Elle tire aussi les cartes dans une grande perfection, et en fait la patience, avec cette grâce rudoyante qu'elle met dans ses plus légers agrémens. Son savoir est immense, et ses connaissances très-variées et très-étendues. Par exemple, elle sait tout ce qui s'est fait et dit depuis le règne de Smerdis jusqu'à celui de Clystènes, archonte d'Athènes, 708 ans avant la venue du Messie. Le tems le moins favorable pour consulter notre Sybille, est du deuxième jour du mois *Adar* jusqu'à la fin de celui des chaleurs, où la lymphe pancréatique engorge ses glandes conglomérées, qui se portent sur les veines et les nerfs. Elles épaississent tellement la masse de ses idées, qu'il lui est impossible de diviser les parties sulfureuses qui enflamment le genre humain, au milieu desquelles elle ne voit goutte, tout le le tems que dure son accès; ce qui fait que l'ayant trouvée à cette époque, nous fûmes obligés de remettre l'instant de la revoir à celui où le soleil parcourra le zodiaque, pour trouver, à l'aide du zénith, le cadran vertical où sera le point perpendiculaire sous lequel nous la rencontrerons.

Vous qui cherchez la nécromance
Dans les cartes que vous tirez,
Et qui croyez savoir d'avance
Ce qu'à coup sûr vous ignorez,
Le sort, vos devins et vos songes
Ne sont à nos yeux que mensonges,
Qui font naître le repentir
Qu'accompagne une facétie,
Que vous donnez pour prophétie,
Sans jamais pouvoir l'accomplir.

N'allez pas dans vos anagrammes,
Le soir pour vous désennuyer,
Forger de vieilles épigrammes,
Et contre l'amour aboyer.
La patience est préférable ;
Chacun autour d'elle est aimable,
Et rien n'en paraît rebutant.
Auprès d'une table rangées,
Nos dames y sont rassemblées,
Pour s'en amuser un instant.

Au plaisir se joint l'habitude,
Et nous voyons à la leçon,
L'étourdie ainsi que la prude,
Former doucement sa raison,

A regarder le neuf de pique
Comme un fléau, qui nous indique
Que près de la dame de cœur,
Si l'as de pique est sur sa droite,
Et qu'en vain le roi la convoite,
Le tirage annonce un malheur.

L'on dit qu'autrefois l'art de plaire
Se montrait simple et naturel;
Sans faste comme sans mystère,
La candeur ornait son autel;
Et la vertu sans artifice,
Se voyait sur son frontispice,
Pour faire admirer encor mieux
La baguette divinatoire,
A laquelle il faut enfin croire,
Lorsqu'on la voit dans deux beaux yeux.

Ensuite nous fûmes au café des Écoutes, chez la mère Fausse-Nouvelle, qui est bien la meilleure créature qui soit au monde. Elle entend tout, connaît ses pratiques, ne fait aucun bavardage, et on la paie rarement; ce qui fait que son café est toujours aussi plein que la tête d'un nouvelliste est vide. Chacun était occupé à lire les journaux, et le silence y régnait assez généralement, à quelques aparté près, où l'on débitait de petites nouvelles à voix basse, sans former de ces discussions orageuses, que bien souvent un familier de la maison fait naître, pour mieux juger l'esprit de ses auditeurs. Au surplus, il arrange leurs discours à son gré, lorsqu'il en fait le rapport, et il a soin qu'ils soient construits de manière à ce qu'on les croie fort utiles.... Nous prenions une glace, sans nous mêler d'aucune conversation, lorsque tout-à-coup nous vîmes dans un des coins du café, deux hommes se donner l'accolade; ils avaient l'air de se retrouver avec surprise, et paraissaient avoir été étroitement liés dans les pays étrangers, qu'ils disaient avoir parcourus ensemble. Nous jugeâmes à leurs manières, à leur conversation, au ton qu'ils avaient, à cet air de familiarité commune, à leurs regards quelquefois audacieux, souvent vils et rampans, à leur langage entrecoupé et toujours inquiet, à cet air enfin qui les décèle partout, et qui les fait montrer au doigt; nous jugeâmes, dis-je, que leur industrie consistait à échanger les bluettes de leurs discours contre une monnaie plus réelle, qui les fesait vivre, et qui, en les couvrant d'un peu de honte, les obligeait à faire comme tant d'autres qui savent la boire assez facilement. Lorsqu'ils eurent quitté le café, un des familiers de l'intérieur nous dit que le plus grand des deux se nommait le baron de Fraîche-Écorce; qu'il était né au village de Braidalbain en Écosse, pays où l'on retrouve encore de ces anciens Scots, dépositaires des titres les plus mémorables de toutes les vieilles chroniques du monde connu. Il paraît que c'est de ce sanctuaire qu'on a retiré ceux de l'antique maison des Fraîche-Écorce, couverts par la nuit des tems, dont l'épaisse obscurité les rend encore équivoques aux yeux de quelques personnes, qui aiment à douter, malgré leur réédification. Le même éditeur nous dit aussi que l'autre s'appelait le chevalier Des Scrupules, qu'il était Italien et enfant de l'amour, dont il avait toute la douceur et l'insinuation perfide. Tous les deux cherchent à s'introduire dans quelques unes de ces maisons, dont l'entrée est facile, pour utiliser leur commerce, ainsi que dans des clubs ou quelques bastringues.

Avant de retourner à la fontaine de Jouvence, et après avoir fini toutes nos courses sur le boulevard, mon compagnon en amour et en infortune, voulut absolument me faire entendre une espèce de complainte, qu'il avait composée sur son infidelle et ses caprices; il me fut impossible de ne pas me rendre à ses désirs. La voici telle qu'il me l'a chantée; elle peint sa situation, les fureurs d'un amour inconsidéré, que la fougue de la jeunesse empêche de contenir.

Air : *Fidèle époux, franc militaire.*

Prenez pitié de mon délire.
Je brûle des plus tendres feux;
L'amour hélas! fait mon martyre,
Il me rend sombre et malheureux.

Lorsque le cœur est trop sensible,
Ah! que de maux il doit souffrir!
J'en suis un exemple terrible ; (*Bis*)
Jour et nuit l'on m'entend gémir.

Pris dans le piège à Philomèle,
Qui viendra me tirer des bois,
Où sans cesse auprès de ma belle,
Écho répond seule à ma voix?
A ses pieds je lui peins ma flamme,
Et je la trouve sans amour;
Tourmens affreux, effroi de l'ame, (*Bis*)
Me poursuivrez-vous sans retour?

J'ai tout quitté pour ce que j'aime,
Les jeux, les plaisirs, mes amis;
Hélas! vous auriez fait de même,
Si votre cœur eût été pris!
O vous qui fréquentez le monde,
Ne serez-vous point indulgens?
Une cicatrice profonde (*Bis.*)
Exige des ménagemens.

Voyez mes maux et ma détresse.
Un noir chagrin me rend plaintif;
Je languis près de ma maîtresse,
Et dans ses fers je suis captif.
Pour fêter celle que j'adore,
Plaisirs charmans, soins délicats,

A ses côtés, avant l'aurore (*Bis.*)
Je vous rassemblais sur ses pas!

Un étourdi que rien n'arrête,
Avec éclat, dès son début,
Vante à tout propos sa conquête,
Et rarement atteint son but:
J'aime mieux de l'ingratitude
Sentir les funestes effets,
Et conserver une attitude (*Bis.*)
Dont je ne peux rougir jamais.

Puisse le ciel sur les coquettes
Répandre aujourd'hui son courroux!
Et vous, bergers, sur vos musettes,
Plaignez l'amant et les époux!
Mon ame est pure autant que bonne,
Je suis la brebis du bon Dieu;
Mais si mon amour m'abandonne, (*Bis.*)
Je serai dur comme un essieu.

Pectore Amor nostro vicit Amicitiam.

C'est ainsi que dans mon martyre,
J'exhalais mes tendres douleurs,
Lorsque l'Amitié vint me dire:
« Jeune insensé, sèche tes pleurs.
» De l'Amour je prendrais l'image,
» Si je voulais fixer ton cœur;

» Mais tu n'es point encor dans l'âge
» Où l'on connaît bien ma douceur. »

Elle dit : soudain dans mon ame
Je sentis qu'elle avait raison,
Et de mon amoureuse flamme
Je conservai le doux poison.
Esclave encor de ma tendresse,
Mes amis, je viens parmi vous;
Gardons l'Amour pour la jeunesse,
Si l'Amitié fuit loin de nous.

Quoique vous en puissiez dire dans vos aimables critiques, vous imaginez bien, chers et bons amis, que j'applaudis avec transport aux couplets de mon malheureux acolite, et qu'en confondant mon ame avec la sienne, je louai la sensibilité qu'il mettait à exprimer ses pensées, son horreur pour le vice et sa tendresse ingénue en faveur de l'amour qui obsède son jeune cœur. Je voyais avec plaisir comment, dans un âge aussi fragile, il foulait déja aux pieds l'orgueil qui égare les hommes, agite leurs petites passions, et de bons qu'ils auraientété, les rend souvent ridicules.

Quand nous eûmes visité tout ce que le boulevard pouvait nous offrir d'enchanteur, nous reprîmes le chemin de notre merveilleuse fontaine, dans l'attente d'y admirer peut-être de nouveaux prodiges......... Vain espoir ! tout avait disparu ; cette vive lumière, ces chérubins, ces gazes transparentes, tout était rentré dans le néant, et la naïade épanchait, comme auparavant, son eau féconde dans le triple bassin destiné à recevoir le tribut de sa source. Au bruyant fracas des jeux montagnards avait succédé le tumulte de la populace, qui se pressait autour d'une troupe de bateleurs, que nous maudîmes de bien bon cœur. Quel changement, oh ciel ! une vîle barraque, dont l'aspect dégoûtant annonce la misère, attire la tourbe impétueuse ! Là, tandis qu'elle admire le jeu des marionnettes, d'officieux amateurs, mettant à profit les leçons de leurs maîtres, débarrassent adroitement les benins spectateurs du superflu de leurs poches. O lieux agréables, promenade délicieuse, que je vous plains! Ces jeunes arbres dont l'ombrage hospitalier devait vous donner un jour de la fraîcheur, et ajouter à tous vos charmes un charme de plus encore, les voilà mutilés, déchirés, détruits même par le fer destructeur de ces baladins ambulans! Ce ne sont plus que de misérables poteaux, destinés à soutenir une maudite échoppe, dont la masse importune dérobe aux regards trompés la vue de la jolie fontaine, et ravit aux maisons environnantes le plus cher comme le plus brillant de leurs apanages! Eh quoi! tout le monde souffre et murmure dans sa maison contre une chose si révoltante, et par bonté personne ne veut s'en plaindre aux autorités, qui feraient cesser à l'instant un abus semblable? Un séjour où l'on devrait goûter les plaisirs délicieux d'une promenade, où tous les honnêtes gens se réunissaient avant la prise de possession qu'en ont faite les baladins, sera-t-il donc éternellement occupé par une vile canaille, dont le hideux voisinage offusque et dépare un des plus beaux monumens de la capitale?

Nous cherchâmes à nous procurer des renseignemens sur la destruction précipitée de tout ce qui nous avait séduit et enchanté autour de notre fontaine; on nous dit que l'apparition considérable et perpétuelle des habitans du ciel, qui avaient quitté le firmament pour venir sur la terre par le moyen des *montagnes russes*, avait causé un trouble épouvantable à la cour céleste. Le peuple aérien s'était porté jusqu'aux pieds de l'Éternel, en lui peignant comme criminelle la licence effrénée de quelques mortels, qui, dans leurs fêtes bruyantes, avaient eu l'audace d'élever des montagnes, dont la cîme touchait aux nues. Ils lui remontrèrent humblement que le Dieu de leurs ancêtres foudroya dans son tems les pyramides d'Égypte, pour apprendre aux hommes à contenir l'orgueil dont ils sont dévorés, et leur montrer que d'un coup-d'œil, il peut à son gré les faire rentrer dans le néant, et punir leur audace indiscrète. Sur ces observations funestes, le tonnerre gronda, le ciel s'obscurcit, la terre fut épouvantée, les mortels en pâlirent, et ce Dieu de miséricorde, entouré de ses enfans dont il a déja sauvé les jours, ne sait encore s'il doit lancer sur eux la foudre ou retenir son courroux. Pressé par les Immortels qui lui demandent des vengeances, retenu par son cœur qui lui donne un conseil moins sévère, et guidé surtout par l'ineffable bonté qui le porte à la clémence! Entre ces deux extrémités ses esprits sont un instant suspendus..... Mais enfin la sagesse suprême triomphe. Il pardonne et veut bien, en détruisant un ouvrage aussi monstrueux, ne point rechercher les coupables. Sa bonté, ses bienfaits et son cœur les lui ramèneront. Alors il s'éleva vers la voûte éthérée, tout resplendissant de grandeur et d'éclat. Mais quelle fut ma surprise, lorsque je vis à ses côtés mes deux étrangères, après lesquelles j'ai tant soupiré, et que je croyais encore dans les chaînes du ravisseur Merlin !

En croirai-je mes yeux ? Est-ce vous que je vois ?
Vous, anges de bonté, divines étrangères,
Que l'enchanteur Merlin nous ravit autrefois,
Pour corrompre vos mœurs sous ses lois éphémères,
Et vous faire oublier la foi de vos sermens,
Dans les déserts honteux de son Ile Perdue,
Où le crime poursuit, par ses enchantemens,
La vertu qu'il opprime et cache à notre vue !
Je vous vois sur un char, auprès du Créateur,
Aller pompeusement à la gloire immortelle,
Dont il sait à son gré répandre la faveur,
Que précède pour vous sa bonté naturelle.
Tout ce qui m'inquiète et fait mon embarras,
C'est de savoir comment ce Dieu si magnanime,
Descend du haut des cieux pour sauver vos appas,
Et consacrer lui-même un acte aussi sublime !
N'importe ! de concerts, d'anges, de chérubins,
Vous allez être au ciel sans cesse environnées,
Et, de la cour céleste, oubliant les humains,
Du nectar qu'on y boit vous serez enivrées :

Peut-être qu'à vos yeux la contemplation
Ne pourra remplacer, au milieu des délices,
Cette brûlante ardeur que retient l'action,
Qui pour calmer nos sens fait tant de sacrifices!
Il se pourrait aussi que l'unique plaisir
D'envisager les Dieux, de les voir face à face,
Ne pût rassasier en tout votre désir,
Et que vous voulussiez encor changer de place!
Si, malgré les arrêts d'un rigoureux destin
Qui pourrait s'adoucir, la brune avec la blonde,
En dépit des censeurs et de l'esprit malin,
Revenaient parmi nous pour habiter le monde;
Et qu'arrivant du ciel où tout est pour le bien,
Celui-ci leur parût envieux, difficile,
Emporté, vain, jaloux, faux, petit, bon à rien,
Entêté, disputeur, et toujours indocile,
Pour les dédommager de ce fâcheux tableau,
Retournons la médaille, et montrons-leur l'empire
Que pour les cœurs bien nés, sous un autre pinceau,
Va prendre la raison qui tout bas vient leur dire:
« Il est un autre monde, enjoué, prévenant,
» Doux, humain, bon, sensible, et rempli de ces grâces,
» Qui s'attachent les cœurs par l'heureux ascendant
» Que donne la vertu qu'on trouve sur leurs traces! »
Entre ces deux portraits le choix n'est pas douteux;
Et bientôt nous verrons nos jeunes étrangères,
Confirmer par leur goût le plus chéri des deux,

Sans vouloir s'afficher par des formes sévères.
Retiré dans mon coin, aimant le célibat,
Lorsque de leurs succès le bruit à mes oreilles,
Sur les aîles du tems porté par son éclat,
Viendra dans mon réduit se mêler à mes veilles;
Je rendrai grâce aux Dieux dont l'extrême bonté,
Par les soins paternels de leur toute puissance,
Aura de leur vertu sauvé la pureté
Contre tous les dangers de leur adolescence!

Frappés de sa voix évangélique, nous tombâmes à genoux sur le boulevard, levant nos mains tremblantes vers le ciel, où nos yeux éblouis suivaient avec avidité son char étincelant de mille flambeaux célestes que portaient devant lui les anges de lumière, pour annoncer sa gloire immortelle, et la grâce qu'il venait de prononcer. Au milieu de ces ineffables prodiges, nous jurâmes d'observer ses décrets, d'admirer ses vertus et de respecter sa puissance.

Tels furent les derniers momens de la métamorphose de cette fontaine, où, après avoir été dénuée des prestiges qui l'environnaient, nous vîmes, autour de ses bassins, les mêmes personnes qui, en se promenant dans leur voiture, venaient autrefois les admirer. Elles n'avaient nulle connaissance des enchantemens dont elle avait été l'objet. Chacune d'elles blâmait hautement cette baraque couverte de haillons, dont l'établissement empêche la crue des jeunes arbres qu'on y replante chaque automne, pour réparer leur destruction inévitable, occasionnée par les poteaux qui la soutiennent. Avec quel plaisir nous revîmes ces dames de la Chaussée d'Antin et du faubourg St.-Honoré ! Nous vous aperçûmes, vous dont les jours sont un bienfait des Dieux ! Puissent-ils en prolonger la durée au delà des bornes du monde, et verser sur vous, à pleines mains, les biens que vous répandez avec tant de grâce dans la société !

Pygmalion, par sa statue,
De son ciseau nous étonna,
Lorsqu'il offrit à notre vue
Cette pierre qu'il anima.

Les Dieux, pour punir son audace,
Foudroyèrent jusqu'à la place,
Où l'on vit sa faible raison
Vouloir établir une arène,
Pour enfanter l'espèce humaine,
Malgré la copulation.

Vous qui, sans imiter la fable,
Venez au secours des humains,
Et dont la bonté secourable
Adoucit souvent leurs chagrins ;
Vous dont l'amitié douce et pure
Est un bienfait de la nature,
Expliquez-nous comment les Dieux
Ont pu faire naître en votre ame,
Ce feu divin qui nous enflamme,
Et que vous portez en tous lieux.

Est-il vrai qu'à notre fontaine
Vous veniez le soir, à minuit,
Pour visiter notre domaine,
Et voir ce qu'on y fait la nuit ?
Hélas ! ainsi que tout le monde,
Nous nous agitons à la ronde ;
Et chacun, dans notre quartier,
Parlant un peu de la voisine,
Et du voisin dont il badine,
Ne dit pas toujours son psautier.

Vos vertus, votre bienfaisance,
Cet amour qui vous porte au bien,
Fut, au jour de votre naissance,
De vos bontés l'heureux soutien.
Votre ame intéressante et bonne,
Jouit sans cesse et toujours donne.
La nature, en la composant,
La fit d'une trempe céleste,
Et cependant, simple et modeste,
Sous l'attrait le plus séduisant.

Aux traits charmans de la figure
Vous avez joint ceux de l'esprit;
C'est un effort de la nature
Dont chaque jour on l'applaudit.
En vous prodiguant tous ses charmes,
Elle dispersa les alarmes
Qui pouvaient ternir leur fraîcheur;
Et pour nous étonner encore,
Elle en prolongera l'aurore,
Malgré le tems dévorateur.

Qu'on soit aimable et philosophe,
Léger, volage ou papillon;
Que pour embellir une strophe,
Un grand homme y place un beau nom!
Chacun, en le voyant, l'admire,
Et rend justice à son empire.

Mais, du bien qu'on fait, se cacher,
Et pour ne point être aperçue,
Vouloir en dérober la vue,
C'est là ce qui doit nous fâcher.

Vous y étiez aussi sur ce boulevard enchanteur, vous dont je veux taire le nom, pour ne point alarmer cette modestie, à la fois si simple et si distinguée, qui devance et suit vos pas, éclairée par un flambeau dont la lumière vous trompe rarement! Vous, dont la noblesse est constamment noble, et qu'on voit toujours en rapport avec les premiers principes que vous avez reçus; vous enfin, qui êtes sans cesse occupée à faire le bien, et qui, dans un âge avancé, avez su conserver toute la fraîcheur de votre printems, en donnant à vos discours je ne sais quel coloris délicieux, qui enchaîne l'ame et séduit les sens par ce charme inconcevable et sans nul apprêt, que vous savez employer dans tout ce que vous dites ou faites. Agréez, avec cette bonté qui ne vous quitte jamais, le tribut de notre vénération, et souffrez que nous puissions vous l'offrir en vers. Il est aussi loin de l'adulation que nous aurions voulu le rapprocher de la vérité!..

O vous dont la vertu brille aussi sur la terre,
Vous qu'on voit de son temple orner le sanctuaire,
Par quel art enchanteur voulant que tout soit bien,
De cet heureux présage êtes-vous le soutien?
Cette bonté parfaite, autant qu'elle est divine,
Dans le cœur le plus pur a pris son origine.
Souffrez que devant vous nous portions le flambeau,
Qui d'une si belle âme éclaire le tableau.
Douceur, esprit, gaîté, franchise évangélique,
Constance généreuse et toujours héroïque;
Voilà les nobles traits qu'on aperçoit en vous,
Et ceux qui dès long-tems nous ont entraînés tous!
Séduit par vos accens, séduit par tous leurs charmes,
Sur mon aridité je répandrai des larmes.
Malheur à tout mortel qui n'en versa jamais!
Il aura méconnu le plus grand des bienfaits!
Amphion chez les Grecs, aux accords de sa lyre,
Enflamma les Thébains, et surprit tout l'empire.
Du charme de ses chants les plus délicieux,
Il sut tirer les sons les plus harmonieux.
Que n'ai-je comme lui l'art d'orner mon ouvrage?
Mon sujet sur le sien aurait quelque avantage;

Il faut pour le traiter être sur l'Hélicon
Le favori des Dieux ou celui d'Apollon,
D'un caractère égal peindre la bienveillance,
De la tendre amitié l'aimable surveillance;
Ajouter à ces dons, les dons sacrés du cœur,
Qui captivent nos sens avec tant de douceur;
Montrer à l'orgueilleux combien l'abord facile
A sur tous les esprits un avantage utile;
Dire au collet monté qu'un ascendant heureux
S'empare des humains et nous rend maître d'eux;
Que pour gagner les cœurs, il faut savoir leur plaire,
Et de leurs passions saisir le caractère,
Pour ne point employer ce ton fier et hautain,
Qui loin de les unir inspire leur dédain.
Ah! combien la beauté perd, par son arrogance,
De ce charme enchanteur qui pare l'innocence?
Plaisirs, grâces, bonté, tout s'enfuit à la fois;
L'amour même en soupire et n'entend plus sa voix.
Lorsque d'un ton tranchant l'esprit marche au sublime,
Il perd tout l'agrément par lequel on l'estime;
On rit de son enflure et de l'air doctoral
Dont il veut nous prouver que nul n'est son égal.
Pour mieux vous amuser, revenons à l'esquisse
Que nous avons plus haut, sans aucun artifice,
Crayonnée à la hâte, avec la vérité
Qui séduit par son charme et sa simplicité.
Ce que nous en disons, ne pourra sur la fronde,

Exciter les propos dont tout Paris abonde.
Cette lutte est l'arène où l'on ne s'entend plus;
C'est de l'esprit du tems le langage diffus.
Tout Français est ministre, orateur, politique,
Et sur son tribunal quelquefois despotique.
Pour tous ces riens obscurs qu'il traite avec fracas,
De les analyser ne nous avisons pas.
Qu'un mortel éclairé, dans le siècle où nous sommes,
Serait grand aujourd'hui s'il accordait les hommes!
Il peindrait l'amitié consolant tout nos maux,
Par le sentiment pur qu'elle inspire à propos.
Telle est pour plaire aux Dieux la sublime entreprise
Qu'il faut faire approuver devant leur cour d'assise.
Alors la renommée au bruit de ces clameurs,
Sur la double montagne assemble les neuf Sœurs,
Conduit entre Voltaire et l'immortel Horace,
Dans le temple du Goût, le chantre qu'elle y place.
Mais le ciel prononçant ses décrets absolus,
Ne m'a point voulu metre au rang de ses élus.
Je borne mon savoir à mon insuffisance,
Qui contraint mes desirs et me force au silence.
L'esprit marche en tremblant lorsqu'il est au compas;
Pour chanter vos vertus, le cœur ne suffit pas.

Après tous les prestiges dont notre fontaine a été environnée et desquels nous avons joui, il est juste que nous lui témoignions nos regrets.

Ces Nymphes, ces parfums, ces musiciens, ces balançoires, ces jeux de toute espèce, ces *montagnes russes* qui descendaient perpétuellement du ciel sur le boulevard, et donnaient les moyens faciles aux créatures célestes de communiquer avec l'esprit borné des habitans de la terre, dont le partage est celui de l'ignorance, en croyant tout savoir; tout cela n'existe plus à la vérité, et le charme est détruit; mais la reconnaissance n'en est pas moins due, et nous allons nous empresser de remplir notre tâche, en peignant les bienfaits de cette adorable fontaine, dont les eaux salutaires ont ôté tant d'années à tant de dames qui en étaient surchargées, et qui se retrouvent avec plaisir à l'âge de vingt ans. En effet, que dis-je? Tous ces boîteux qui marchent droit, ces borgnes qui y voient des deux yeux, ces sourds qui ont l'oreille fine comme une souris, ces muets qui parlent comme des orateurs, et ces mille et mille maux de tout genre dont la nature afflige l'humanité dans une progression d'autant plus effrayante, que souvent elle ne les dérobe point à tous les yeux; ne sont-ce pas nos eaux bienfaisantes, dont la source a fait disparaître tous ces inconvéniens? Quel est le mortel qui pourrait être assez indifférent pour en perdre la mémoire, après en avoir ressenti les effets? Et nous mêmes qui avons été témoins de ces rares prodiges, et qui avons joui de leur éclat comme de la surprise qu'ils portaient dans tous les cœurs, pourrions-nous les oublier? Non, non, ce serait nous rendre coupables d'ingratitude, et cette pensée est loin de nous. Voici donc nos adieux à cette fontaine chérie, dont nous sentons vivement la perte.

COUPLETS A LA FONTAINE.

AIR *des Gardes Françaises.*

Adieu, notre fontaine!
Adieu, ce vain espoir!
Il nous reste la peine
De ne plus la revoir.

Toutes nos grandes dames,
Connaissant ses vertus,
Dans le fond de leurs ames,
Auront un mal de plus.

Qu'il était doux de vivre,
Sans voir couler ses ans !
L'ennui va nous poursuivre ;
Adieu, notre printems!
De nos eaux si connues
Voilà donc tout le fruit!
Le ciel, par nos bévues,
A ce point nous réduit.

Hélas ! notre Jouvence
Allégeait nos malheurs,
Et par reconnaissance
Elle séchait nos pleurs,
Près d'elle la jeunesse
Songeait à la gaîté,
Et la vive allégresse
Animait la beauté.

Aujourd'hui tout est sombre ;
Nos plaisirs languissans

Ne nous laissent que l'ombre
De nos jeux défaillans.
O puissance divine,
Prête-nous ton appui !
Muse aimable et badine,
Chasse de nous l'ennui !

Les Dieux, maîtres du monde,
Ont pitié des humains ;
Sur la terre et sur l'onde,
Ils leur tendent les mains ;
La noire jalousie
Pourra-t-elle, à leurs yeux,
Des serpens de l'envie
Nous rendre malheureux ?

Surtout point de querelle,
Mes chers et bons amis !
Vous connaissez mon zèle ;
Et si j'ai trop promis,
Obtenons que les grâces,
Pour nous dédommager,
Nous laissent sur leurs traces
Un moment voyager.

Chers lecteurs, vous me voyez plongé dans des digressions à l'infini, et qui m'entraînent à des couplets sans nombre ; pardonnez encore ce petit écart; c'est le dernier soupir d'une muse aux abois, après l'avoir exhalé. Vous n'entendrez plus parler d'elle ; et les Dieux de l'Olympe, Jupiter, sa cour, Apollon, Pégase, les bords charmans d'Hippocrène, ceux du Permesse et les neuf Sœurs, tous les charmes de la poésie enfin sont anéantis pour moi; et, s'il faut tout vous dire, apprenez, mes bons amis, que je suis devenu muet, et que j'en suis inconsolable. Mais, en demeurant en butte aux flèches acérées de la critique, comment sortir de ce buisson ardent, sans dire un mot de l'imprudence qui m'a conduit dans cet abîme impénétrable , où l'homme le plus intrépide frémit de se voir? Est-ce l'envie de parler? Non, assurément. Serait-ce le petit amour-propre d'arranger quelques rimes insignifiantes? Encore moins. Ou n'est-ce pas le desir insensé de vouloir faire le bel esprit? Ah ! que Dieu m'en garde! C'est de tous les fléaux celui que j'abhorre le plus. Ce n'est point cela, bon lecteur; c'est Pluton, c'est l'Enfer, ce sont les Euménides en fureur qui m'enveloppent de leurs serpens affreux pour me faire descendre au Tartare, et contre lesquelles je dispute six mois de l'année. C'est ce vieux Caron, un pied dans sa barque, qui, pendant la discussion, ne quitte pas le chevet de mon lit; ce sont les douleurs inouies que j'éprouve sans cesse, et auxquelles je ne puis donner d'autre nom que celui d'un enfer anticipé, qui me porte à des rages si aiguës que je ne sais plus à quel saint me vouer. S'il m'arrive quelques instans de repos, j'en profite pour demander des secours au célèbre Portal qui entend si profondément l'art de prolonger la vie, et d'échanger les maux qui l'affligent, contre les biens réels de la santé qu'il nous rend. Mais, au milieu des tourmens que j'endure, il ne peut que m'exhorter à une patience dont je suis incapable, et alors, n'écoutant plus rien que la rage qui est au fond de mon cœur, sans pouvoir l'en chasser, je prends la plume pour soulager au moins mon imagination, d'une partie du poids qui la fatigue et la distraire un peu des maux qu'elle me fait souffrir. J'écris tout ce qui me passe par la tête; je compose, je lime, j'augmente ou j'efface; je crie, je chante, et mes douleurs semblent s'éloigner de ma mémoire. Voilà, chers lecteurs, le canevas fidèle du petit chef-d'œuvre indéfinissable que j'ai l'honneur de vous offrir! S'il vous a ennuyés, il faut me le pardonner. C'est le seul baume que je puisse opposer aux fureurs d'une goutte éternelle. Déja mes sens sont appaisés, et je me trouve à même de profiter des secours de mon cher et très-aimable docteur, auquel je dois la conservation de mes jours. Je suis bien aise de lui manifester hautement ma reconnaissance, en l'assurant publiquement que je voudrais, dans cinquante ans de ce jour, être à portée de la lui renouveler. Sur ce, lecteurs et amis, je vous quitte en vous envoyant mes derniers couplets aux critiques.

CONSEILS AUX CRITIQUES.

AIR : *Si Dorilas.*

Amusez-vous, charmans critiques !
Dépecez nos vers par morceaux,
Et mettez-les dans vos chroniques,
Pour ne les offrir qu'en lambeaux!
Le négligé de notre style
Allumera votre fureur,
Et le fourneau de votre bile (*Bis*)
Va nous inspirer la terreur.

Venez au temple de mémoire ;
C'est là que nous vous attendons ;
Vous nous verrez couverts de gloire,
Environnés de nos chansons.
Et vous, à la porte du temple,
Par les dieux vous serez conduits,
Pour servir à jamais d'exemple (*Bis*)
Contre vos ennuyeux déduits.

Abandonnez votre satire,
Et revenez au vieux bon sens.
Censurer tout est un délire,

Il faut s'accommoder au tems.
Les troubadours et les grands hommes
Seront pour la postérité,
Confondus, au siècle où nous sommes, (*Bis*)
D'une importante vérité.

Si d'une beauté douce et fière,
Nous éprouvons quelque rigueur,
De son dard l'abeille légère
Ne peut jamais flétrir les fleurs;
Et l'on ne sent de sa piqûre
Que l'effet du baume divin
Qu'elle applique sur la blessure, (*Bis*)
Qui doit fixer notre destin.

Qu'un beau parleur qui fait l'aimable,
Se pavane dans un salon,
Où, plus innocent que coupable,
On lui pardonne son jargon;
Chacun le voit et s'en amuse,
En lui présentant le miroir
Devant lequel il se refuse, (*Bis*)
Et s'obstine à ne pas se voir.

AIR : *Vous voulez me faire chanter, hélas! quelle folie!*

Je consens de passer mes jours
A contempler ma blonde;

Pour lui parler de mes amours
J'irais dans l'autre monde!
Dussè-je aussi passer la nuit;
Je veux revoir ma brune;
Elle est belle et fraîche à minuit,
Comme au clair de la lune.

Toutes les deux m'ont enchanté,
Je ne puis plus m'en taire.
Toujours sensible à la beauté,
Je ne sais comment faire.
Lorsque je consulte mon cœur,
Il est pour la petite.
L'air de la grande est enchanteur,
Je crains d'aller trop vîte.

Comment voudriez-vous choisir?
Leurs grâces sont semblables;
Même penchant, même desir,
Et partout adorables.
J'en deviens fou, je le sens bien,
Mais la cause est divine;
Le charme de leur entretien
Est doux comme l'hermine.

Gaîté, pudeur, grâce, agrémens
Formeront leur devise:
Nous les voyons, sans ornemens,
Préférer la franchise.

De l'ascendant qu'ont les vertus,
Le siège est dans leur ame,
Et pour ne rien dire de plus,
Leur bonté nous enflamme.

C'en est assez, mes bons amis;
Nous avons voulu rire:
Si nos beautés vous ont surpris,
Ce n'est qu'un vrai délire.
Pour vous amuser un instant,
Nous avons cru qu'un songe,
Qui vous serait intéressant,
Ferait grace au mensonge!

FIN.

www.ingramcontent.com/pod-product-compliance
Ingram Content Group UK Ltd.
Pitfield, Milton Keynes, MK11 3LW, UK
UKHW020940180726
13838UKWH00003B/1058

9 782329 325750